Queridos lectores:

ntura
en   r qué
per   día,
mi   ontré
un   n los
añ   dido
un   le la
cu   ños
de   000
est

                    Weehawken Public Library   más
libr   lías
y d   49 Hauxhurst Avenue   o se
gest   Weehawken, NJ 07086
                    201-863-7823   nen
una   Website: library.weehawken-nj.us   rico
y pr   de
"La

I   cu-
brir

L

¡Los bibliotecarios y los maestros también están encantados con la colección!

Después de leer Piratas después del mediodía *me di cuenta de que había muchos otros libros en la colección, de modo que encargué los restantes... Ojalá hubieras visto la reacción de mis niños al ver los nuevos libros. ¡Alegra el corazón de una maestra ver a sus alumnos pelearse por los libros!* —D. Bowers

Te agradezco la maravillosa contribución a la literatura infantil. Mis alumnos también están agradecidos. —E. Mellinger

Tu colección es pura magia. —J. Royer

Utilizo tus libros para enriquecer mi actividad como docente. El momento de leer tus historias en el aula es el más sereno del día. —J. Korn

¡Por favor, no dejes de escribir estas historias! Realizas una gran tarea al hacer que los niños aprendan a amar la lectura. —J. Arcadipane

Oír a los niños rogar por "un capítulo más" es el sueño de todo especialista en lectura y, con tus libros, mi sueño se ha hecho realidad. —K. Letsky

LA CASA DEL ÁRBOL   #14

El día del Rey Dragón

Mary Pope Osborne
Ilustrado por Sal Murdocca

Traducido por Marcela Brovelli

LECTORUM
PUBLICATIONS INC
a subsidiary of Scholastic Inc.
New York

Para Peter y Andrew Boyce

EL DÍA DEL REY DRAGÓN

Spanish translation copyright © 2007 by Lectorum Publications, Inc.
Originally published in English under the title
DAY OF THE DRAGON KING
Text copyright © 1998 by Mary Pope Osborne
Illustrations copyright © 1998 by Sal Murdocca

This translation published by arrangement with Random House Children's
Books, a division of Random House, Inc.

MAGIC TREE HOUSE ®
is a registered trademark of Mary Pope Osborne; used under license.

ISBN-13: 978-1-933032-20-7
ISBN-10: 1-933032-20-0

Printed in the U.S.A.

10 9 8 7 6 5 4 3 2 1

Library of Congress Cataloging in Publication data is available.

ÍNDICE

1

El libro de bambú

Annie se asomó por la puerta de la habitación de su hermano Jack.

—¿Estás listo para ir a China? —le preguntó.

Jack respiró hondo.

—¡Por supuesto! —contestó él.

—No olvides tu tarjeta secreta de bibliotecario. Yo ya tengo la mía en el bolsillo —agregó Annie.

—Sí —dijo Jack.

Y abrió el primer cajón del armario para sacar la tarjeta. Las letras *MB* brillaron bajo la luz.

Jack guardó la tarjeta, un lápiz y un cuaderno dentro de la mochila.

—¡Ya podemos irnos! —dijo Annie.

Jack se colgó la mochila y siguió a su hermana.

"*¿Qué aventura nos tocará hoy?*", se preguntó.

—¡Adiós mamá! —dijo Annie al pasar por la cocina.

—¿Adónde van? —preguntó su mamá.

—¡A China! —respondió Annie.

—¡Maravilloso! ¡Diviértanse mucho! —agregó ella, guiñando un ojo.

"*¿Divertirnos?*", se preguntó Jack. Algo le decía que ésa no era la palabra adecuada.

—Sólo deséanos suerte —dijo, mientras él y su hermana se dirigían hacia la puerta.

—¡Que tengan buena suerte! —les deseó su mamá.

—Si supiera que hablamos en serio —susurró Jack.

—¡Sí! —exclamó Annie, con una sonrisa de oreja a oreja.

En la calle, el sol brillaba con fuerza. Los pájaros cantaban. Los grillos chirriaban. Annie y Jack caminaron calle arriba hacia el bosque de Frog Creek.

—Me pregunto si en China el tiempo estará tan agradable como aquí —comentó Annie.

—Lo ignoro. Morgana dijo que ésta sería una misión aterradora, ¿lo recuerdas? —preguntó Jack.

—Todas han sido aterradoras. Pero, por suerte, siempre encontramos animales o personas que nos ayudan —dijo Annie.

—Es verdad —dijo Jack.

—Apuesto a que hoy encontraremos a alguien *maravilloso* —comentó Annie.

Jack sonrió. En vez de temor, comenzaba a sentir entusiasmo.

—¡Debemos apurarnos! —dijo.

Y se internaron en el corazón del bosque de Frog Creek. Caminaron por entre unos árboles muy altos hasta que se toparon con un enorme roble.

—¡Hola! —se oyó de pronto. A Jack y a su hermana les resultaba muy familiar la suave voz.

Ambos miraron hacia arriba. Morgana los observaba desde la casa del árbol.

—¿Están listos para su nueva misión, Maestros Bibliotecarios? —preguntó.

—Sí —respondieron al unísono.

Y, sin perder un segundo, ambos se agarraron de la escalera de soga y treparon por ella hacia la copa del roble.

—Iremos a China, ¿no? —preguntó Annie tan pronto entró en la pequeña casa de madera.

—Así es —afirmó Morgana—. Irán a la antigua China. Éste es el título del relato que deben hallar.

Morgana tomó una delgada cinta de madera.

Parecía una regla, sólo que en vez de números tenía unos símbolos muy extraños.

—Hace muchos años, los chinos descubrieron cómo hacer papel. Fue uno de los descubrimientos más importantes del mundo —explicó Morgana—. Pero ustedes viajarán a una época anterior a ésa, en que los libros se escribían en cintas de bambú como ésta.

—¡Guau! —exclamó Annie, mientras observaba los misteriosos símbolos—. Así que *ésta* es la famosa escritura china.

—Así es —contestó Morgana—. De la misma manera que nosotros tenemos letras, los chinos tienen numerosos símbolos o caracteres. Cada uno de ellos equivale a un objeto o concepto diferente. Los caracteres que ven aquí corresponden al título de una antigua leyenda china. Ustedes deben hallar el primer escrito de la leyenda antes de que la Biblioteca Imperial sea destruida.

—¡Vamos! ¡Debemos apurarnos! —dijo Annie.

—Espera, necesitamos nuestro libro de referencia —dijo Jack.

—Sí, tienes razón —afirmó Morgana.

Y, de entre los pliegues de la túnica, sacó un libro. En la tapa decía *Los días del primer Emperador*.

Morgana le entregó el libro a Jack.

—Este libro les servirá de *guía* —explicó ella—. Pero no olviden que, en el momento crítico, sólo la antigua leyenda podrá salvarlos.

—Pero primero tendremos que encontrarla —dijo Annie.

—¡Exacto! —afirmó Morgana.

Le entregó a Jack la cinta de bambú y él la guardó en la mochila.

Luego, Jack se acomodó los lentes y, con el dedo índice sobre la tapa del libro sobre China, exclamó: —Queremos ir a este lugar.

El viento comenzó a soplar.

La casa del árbol comenzó a girar.

Más y más rápido cada vez.

Después, todo quedó en silencio.

Un silencio absoluto.

2

El pastor de vacas

—¡Guau! —exclamó Annie—. Esta ropa se siente tan suave sobre la piel. Mira, Jack, hasta tengo un bolsillo para mi tarjeta secreta de bibliotecaria.

Jack abrió los ojos. Su ropa había cambiado como por arte de magia.

En vez de pantalones vaqueros, camiseta y zapatillas, ahora llevaban puestos unos pantalones anchos, muy livianos, una camisa holgada, zapatos de yute y un sombrero redondo. La camisa de Annie tenía además un bolsillo.

Jack se dio cuenta de que su mochila se había convertido en un tosco bolso de tela. Dentro estaban el libro de referencia, el cuaderno, la tarjeta de bibliotecario y la cinta de bambú.

—¡Son vacas! —exclamó Annie, mirando por la ventana.

Jack se acercó a su hermana. La pequeña casa de madera había aterrizado en la copa de un árbol solitario en medio de un soleado prado. Mientras las vacas pastaban plácidamente, un pastor las cuidaba de cerca. A un lado, se veía una granja. Más allá había una ciudad protegida por una enorme muralla.

—Todo se ve tan sereno —comentó Annie.

—Yo no estaría tan seguro —agregó Jack—. La ciudad de Pompeya se veía también muy serena, hasta que el volcán entró en erupción.

—Tienes razón —contestó Annie.

—Veamos qué dice el libro —dijo Jack.

Tomó el bolso de tela, sacó el libro sobre la antigua China, lo abrió y comenzó a leer en voz alta:

Hace más de 2.000 años, China
era gobernada por su primer
emperador. Éste, al elegir el dragón
como símbolo protector, fue nombrado
"Rey Dragón". Para los chinos, los dragones
representan poder y coraje.

—¿Rey Dragón? ¡Ese nombre me asusta! —comentó Jack.

—¡Me encanta su traje! —dijo Annie.

Junto al párrafo explicativo se veía un dibujo de un hombre que llevaba puesta una túnica de tela brillante con mangas muy anchas. También llevaba un sombrero alto con pequeñas bolillas que colgaban del borde.

Jack sacó el cuaderno y apuntó:

Rey Dragón fue el primer emperador

—El libro que buscamos debe de estar en la biblioteca del Rey Dragón —dijo Annie—. Seguro que su palacio está en esa ciudad.

Jack levantó la vista.

—Correcto —exclamó—. Debemos ir por ahí —explicó, señalando el campo y un polvoriento camino que conducía a la ciudad enmurallada.

—¡Buena idea! —agregó Annie.

Y, de inmediato, salió de la casa del árbol y bajó por la escalera de soga.

Jack guardó el cuaderno y el libro sobre China en la mochila y bajó tras su hermana.

Se pusieron a caminar a través del prado.

—Mira, ese hombre nos está haciendo señas —dijo Annie.

Era el pastor de vacas que corría hacia ellos gritando y haciendo señas con la mano.

—¡Oh…! ¿Qué querrá de nosotros? —se preguntó Jack en voz alta.

El desconocido se paró delante de Annie y de Jack. El hombre era joven, apuesto y, por la expresión de su rostro, parecía una buena persona.

—¿Podrían hacerme un gran favor? —preguntó—. Les estaré muy agradecido.

—¡Por supuesto! —contestó Annie.

—Necesito que le den un mensaje a la tejedora de seda; la encontrarán en la granja —dijo el pastor—. Díganle que estaré esperándola aquí al anochecer.

—¡Muy bien, lo haremos! —afirmó Annie.

El pastor sonrió.

—Muchas gracias —dijo. Y se marchó.

—Espere, disculpe —agregó Jack—. ¿Sabe usted dónde podemos encontrar la Biblioteca Imperial?

13

Una expresión de temor cubrió el rostro amable del pastor.

—¿Por qué quieren saber? —susurró.

—Simple curiosidad, nada más —aclaró Jack.

El joven pastor sacudió la cabeza.

—Deben tener mucho cuidado con el Rey Dragón —comentó—. Hagan lo que hagan, tengan *mucho* cuidado.

Luego, el pastor se dio la vuelta y regresó corriendo junto a las vacas.

—¡Uy, cielos! —susurró Jack—. Ahora sí que podemos estar seguros de una cosa.

—¿De qué hablas? —preguntó Annie.

—Éste sitio no es tan *sereno* como parece —afirmó Jack.

3

La tejedora

Annie y Jack avanzaron por el prado hacia el camino de tierra. Cuando se acercaron a la casa, Annie se detuvo.

—Debemos encontrar a la tejedora de seda para darle el mensaje —dijo.

—Hagámoslo a nuestro regreso. Primero debemos encontrar la Biblioteca Imperial —dijo Jack.

—Pero… ¿y si no nos alcanza el tiempo? —insistió Annie—. Le dimos nuestra palabra al pastor. Él fue tan amable con nosotros.

Jack suspiró.

—De acuerdo —dijo—. Pero hagámoslo rápido. Y no te olvides de mantener la cabeza baja, para no llamar la atención.

Con la mirada pegada al suelo, Annie y Jack caminaron hacia la casa.

A medida que se acercaban, Jack espiaba por debajo del sombrero. Un buey tiraba de un carro cargado de heno. Unos hombres cavaban la tierra con azadas. Y varias mujeres empujaban carretillas con montañas de semillas.

—¡Mira! —dijo Annie, señalando hacia un porche, donde una mujer tejía en un telar—. Debe de ser ella.

Annie corrió hacia la mujer. Jack miró a su alrededor para ver si alguien los había visto. Por suerte, todos los trabajadores estaban demasiado ocupados como para notar algo raro. Con cuidado y sin perder a los hombres de vista, Jack se acercó al porche.

Annie ya estaba hablando con la tejedora.

—¿Qué les dijo él? —preguntó la joven mujer. Tenía la voz suave pero firme. Sus ojos oscuros brillaban de felicidad.

—El pastor nos dijo que te espera en el prado al anochecer —dijo Annie—. ¡Es un hombre tan apuesto!

—Sí. En verdad lo es —la tejedora sonrió tímidamente mirando a Annie y, del interior de un canasto, sacó un ovillo de hilo de seda amarillo.

—Han sido muy valientes en traerme el mensaje —dijo la tejedora—. Por favor, acepten este ovillo de hilo de seda en señal de mi agradecimiento.

—¡Ah, qué bonito! —exclamó Annie—. Mira qué suave es, Jack.

Annie le dio el ovillo a su hermano. El hilo de seda era liso y suave.

—¿Cómo se fabrica la seda? —preguntó Jack.

—Se hace de capullos de los gusanos de seda —explicó la tejedora.

—¿De veras? ¿De gusanos? Suena lógico —dijo Jack—. Permíteme tomar nota.

Y sacó el cuaderno del bolso.

—¡No! ¡Por favor, no lo hagas! —suplicó la tejedora—. La fabricación de seda es el secreto más preciado de la cultura china. Cualquiera que se atreva a robarlo será arrestado y asesinado por el Rey Dragón.

—¡Ayyyyyy! —exclamó Jack. Y guardó el ovillo dentro del bolso.

—Me temo que tendrán que marcharse de inmediato —sugirió la tejedora en voz muy baja—. ¡Los han visto!

Jack miró de reojo. Un hombre los señalaba con el dedo.

—¡Debemos irnos! —dijo.

—¡Adiós! ¡Buena suerte en tu cita! —agregó Annie.

—Muchas gracias —respondió la tejedora.

—¡Andando! —insistió Jack.

Y ambos se alejaron corriendo.

—¡Deténganse! —gritó alguien.

—*¡Corre, Jack!* —dijo Annie.

4

La Gran Muralla

Annie y Jack corrieron bordeando la casa. Detrás de ella había un carro lleno de sacos de semillas. No había nadie a la vista.

Los gritos detrás de ellos se hicieron más fuertes.

Annie y Jack intercambiaron una mirada y, sin vacilar, subieron al carro y se escondieron entre los sacos de semillas.

El corazón de Jack palpitaba con fuerza a medida que las voces se acercaban. Jack contuvo el aliento hasta que los hombres se marcharon.

De repente, el carro se puso en movimiento. ¡Alguien lo conducía!

Annie y su hermano miraron por encima de los sacos. Jack solamente podía ver la espalda del conductor. Serenamente, el hombre guiaba el carro de bueyes por el camino polvoriento. ¡Iban hacia la ciudad enmurallada!

Annie y Jack volvieron a esconderse.

—¡Esto es grandioso! —susurró Annie—. Cuando lleguemos a la ciudad lo único que tendremos que hacer será saltar del carro.

—Así es —afirmó Jack sin levantar la voz—. Una vez allí, nos pondremos a buscar la Biblioteca Imperial y, cuando encontremos el libro, regresaremos a la casa del árbol.

—De acuerdo —exclamó Annie.

—¡Soo! —El carro se detuvo al instante.

Jack contuvo la respiración. De repente, oyó voces y pasos fuertes, al parecer de muchos hombres. Él y Annie espiaron desde su escondite.

—¡Uy, cielos! —susurró Jack.

Una larga fila de hombres cruzaba el camino justo delante del carro. Todos llevaban hachas, palas y azadas. Junto a ellos marchaba un grupo de guardias.

—Averigüemos qué sucede —dijo Jack.

Y sacó el libro sobre China del bolso. Se acomodó los lentes y recorrió las páginas en busca de un dibujo similar a la escena del camino. Luego leyó en voz alta:

El Rey Dragón obligó a muchos de sus súbditos a comenzar la construcción de una muralla con el fin de proteger a China de las invasiones. Más tarde, otros emperadores continuaron con la obra iniciada por el primer emperador. Finalmente, la muralla alcanzó una longitud de 3.700 millas a lo largo de la frontera china. La Gran Muralla china es considerada la construcción más larga de la historia.

—¡Guau! ¡La Gran Muralla china! —exclamó Jack.

—¡Yo he oído hablar de ella! —comentó Annie.

—¡Todo el mundo la conoce! —afirmó Jack—. Esos hombres se dirigen a trabajar en ella.

Justo en ese momento, alguien agarró a Annie y a Jack de los hombros. Lentamente, ambos alzaron la mirada; el conductor del carro los había descubierto.

—¿Quiénes son ustedes? —preguntó el hombre enojado.

—Nosotros... eh... —Jack no sabía qué decir.

La mirada del hombre se posó en el libro de Jack. Al ver el dibujo, quedó boquiabierto. De inmediato, soltó a Annie y a su hermano. Y, lentamente, estiró la mano y tocó el libro. Luego volvió la mirada hacia Annie y Jack.

—¿Qué significa *esto*? —preguntó.

5

El letrado

—Es un libro que trajimos de nuestro país —dijo Jack—. Los libros en China se hacen de bambú, pero los nuestros se fabrican con papel. En realidad, *su* país es el inventor del papel. Pero este hecho pertenece al futuro.

El hombre parecía confundido.

—No importa. Es para leer y aprender sobre sitios lejanos —explicó Annie.

El hombre los miraba fijamente. Tenía los ojos llenos de lágrimas.

27

—¿Pasa algo? —preguntó Annie suavemente.

—¡Yo *amo* leer y aprender! —afirmó el hombre.

—¡Y yo también! —agregó Jack.

El hombre sonrió.

—Ustedes no comprenden. Me visto como campesino —explicó—. Pero... la verdad es que soy letrado.

—¿Qué es un *letrado*? —interrogó Annie.

—Somos personas aficionadas a la lectura, la literatura y la escritura —dijo el hombre—. Por mucho tiempo fuimos los ciudadanos más honorables de toda China.

La sonrisa se esfumó del rostro del hombre.

—Ahora los letrados corremos peligro. Y muchos de nosotros hemos tenido que ocultarnos —comentó.

—¿Por qué? —preguntó Jack.

—El Rey Dragón tiene miedo del poder de

nuestros libros y de nuestros conocimientos —dijo el letrado—. Pretende evitar que la gente tenga pensamientos propios. ¡Cualquier día de estos ordenará que hagan una fogata con todos los libros!

Annie se quedó con la boca abierta.

—¿Acaso es lo que me imagino? —preguntó Jack.

El letrado asintió con la cabeza.

—Todos los libros de la Biblioteca Imperial serán quemados —agregó.

—¡Eso es horrible! —se quejó Annie.

—¡Sí! ¡En verdad lo es! —afirmó el letrado con voz pausada.

—Escuche, mi hermana y yo hemos venido a rescatar un libro de la Biblioteca Imperial —dijo Jack.

—¿Quiénes son ustedes? —preguntó el letrado.

—¡Muéstrale, Jack! —sugirió Annie.

Ella buscó en el bolsillo, al tiempo que su hermano buscaba en el bolso. Ambos mostraron las tarjetas secretas. Las letras brillaban bajo la luz del sol.

El letrado se quedó sorprendido.

—Ustedes son Maestros Bibliotecarios —dijo—. Nunca tuve el honor de conocer a dos personas tan honorables y tan jóvenes a la vez.

El letrado se inclinó en señal de respeto.

—Gracias —contestaron Annie y Jack.

Ambos le devolvieron la reverencia.

—¿En qué puedo ayudarles? —preguntó él.

—Debemos ir a la Biblioteca Imperial para buscar un libro —explicó Jack.

Y le mostró la delgada cinta de bambú que Morgana le había entregado.

—De acuerdo, yo los acompañaré. Sé qué relato buscan, lo conozco bien. Se trata de una historia verdadera que fue escrita recientemente. Debo advertirles que correremos peligro.

—¡Lo sabemos! —afirmó Annie.

—Me siento muy feliz de poder hacer algo en lo que creo de verdad. ¡Vamos! —dijo el letrado.

Los tres subieron al carro. A lo lejos se veía todavía la larga fila de trabajadores.

—¿De dónde son ustedes? —preguntó él.

—De Frog Creek, Pensilvania —respondió Annie.

—Jamás escuché hablar acerca de ese lugar —comentó el letrado—. ¿Allí tienen biblioteca?

—¡Por supuesto que sí! Hay una en cada pueblo —explicó Jack—. En realidad, en todo el país debe de haber miles de bibliotecas.

—Y millones de libros —agregó Annie—. ¡Pero a nadie se le ocurriría quemarlos!

—Así es. En nuestro país todos van a la escuela para aprender a leer —afirmó Jack.

—¡Eso debe de ser como estar en el paraíso! —dijo el letrado.

6

El Rey Dragón

El carro avanzaba trabajosamente por el puente de madera que se extendía sobre un foso. Atrás quedó un grupo de soldados que hacía guardia junto a gigantes portones de madera.

—¿Alguna vez cierran los portones? —preguntó Jack.

—¡Oh, sí! Todos los días al caer el sol —explicó el letrado—. Cada vez que suena el gong, los portones se cierran. Sube el puente y la ciudad queda confinada durante la noche.

—O sea que, si algún visitante se queda después del gong, seguro tendrá que pasar la noche aquí… ¿no es así? —preguntó Annie.

—Sí, así es —afirmó el letrado.

El carro atravesó los portones de la ciudad.

A cada lado de la calle se veían pequeñas hileras de casas, una al lado de la otra. Estaban hechas de barro y los techos eran de paja. La gente cocinaba en fogatas encendidas fuera de las casas y lavaba la ropa en tinas de madera.

A medida que el carro avanzaba torpemente por la calle, las casas se veían cada vez más grandes; estas otras eran de madera pintada y el tejado era de cerámica, en forma redondeada.

—¿Por qué tiene el techo así? —preguntó Jack.

—Para alejar a los malos espíritus —comentó el letrado.

—¿Y cómo lo logran? —preguntó Annie.

—Los espíritus sólo se desplazan en línea recta —informó el letrado.

—¡Guau! —exclamó Annie, en voz baja.

El carro avanzó por delante de algunas tiendas de té. Luego pasó junto a un amplio mercado en

forma de cuadrado, atestado de diferentes puestos y vendedores ambulantes. La gente compraba y vendía pescado, pollo, leña, ruedas para carros, ropa de seda, pieles y joyería de jade.

Algunas personas estaban alineadas junto a un puesto lleno de minúsculas jaulas.

—¿Qué venden en ese puesto? —preguntó Annie.

—Grillos —respondió el letrado—. Son excelentes mascotas. Uno los alimenta con hojas de té y a su vez disfruta de su suave canto.

Y así el carro fue acercándose al palacio amurallado del Rey Dragón hasta que se detuvo ante los portones.

—¡Traemos trigo!—gritó el letrado, dirigiéndose al guardia que estaba en la torre.

El guardia les hizo seña para que pasaran. En el interior había hermosos jardines y grandes montículos de tierra rodeados por una pared baja de ladrillo.

—Ése es el Cementerio Imperial —dijo el letrado, señalando los montículos.

—¿Quiénes están enterrados allí? —preguntó Jack.

—Los ancestros del Rey Dragón —respondió el letrado.

—¿Qué significa *ancestro*? —preguntó Annie.

—Son tus familiares que vivieron antes que tú —explicó el letrado—. Algún día el Rey Dragón también será enterrado en este lugar. Trescientos mil trabajadores participan en la construcción de su tumba.

—¡Uy, cielos! —exclamó Jack, al tiempo que se preguntaba por qué se necesitaban tantos hombres para construir una tumba.

—¡*No!* —exclamó el letrado.

—¿Qué sucede? —preguntó Jack.

El letrado señaló el patio del palacio. Una oscura nube de humo se elevaba hacia el cielo.

—*¡Fuego!* —gritó el letrado.

—*¡Los libros!* —gimió Jack.

—*¡Tenemos que apurarnos!* —dijo Annie.

El letrado agitó las riendas. Cuando el carro entró en el patio, había soldados por todos lados.

Algunos echaban leña a una fogata. Otros traían cintas de bambú desde el palacio.

—Son los libros, ¿verdad? —preguntó Jack.

—Sí. ¿Ves esos atados de cintas de bambú? Cada uno de ellos es un libro entero —explicó el letrado.

—¡Miren! —exclamó Annie, señalando la entrada del palacio.

Junto a la puerta había un hombre vestido con una brillante y holgada túnica, y llevaba un sombrero alto. *¡Era el Rey Dragón!*.

7

La quema de los libros

El Rey Dragón permanecía con los ojos fijos en las llamas de la hoguera, cada vez más cercanas al cielo. Junto al fuego, el aire se había tornado denso y ondulante. Los libros de bambú, apilados junto a la hoguera, iban a ser convertidos en cenizas.

—¡De prisa! —insistió el letrado.

Los tres saltaron del carro y se unieron a la multitud.

El Rey Dragón vociferó algo dirigiéndose a los soldados. Éstos, acatando la orden del rey, comenzaron a arrojar los libros a la hoguera. Las cintas de bambú crujían al quemarse.

—¡Alto ahí! —gritó Annie.

Jack agarró a su hermana del brazo.

—¡Quieta! —dijo.

Annie se liberó del brazo de su hermano.

—¡Alto ahí! —gritó otra vez. Pero su voz se perdió en el rugido del fuego.

—*Ése* es el relato que buscan —dijo el letrado, señalando un libro de bambú que se había caído al suelo.

—Voy a buscarlo —irrumpió Annie.

Y se abalanzó sobre la pila de libros.

—¡Annie! —gritó Jack.

Pero ella ya tenía en su poder el atado de cintas de bambú.

—¡Tengo el libro! —gritó, mientras corría hacia su hermano—. ¡Rápido, guárdalo en el bolso!

Jack guardó el atado de bambú en el bolso y miró temeroso a su alrededor.

¡El Rey Dragón los miraba fijamente a los tres desde su sitio! Luego, señalando hacia ellos gritó:

—¡Atrápenlos!

—¡Huyan a través del cementerio! —les dijo el letrado a Annie y a Jack—. Los soldados tendrán miedo de seguirlos. ¡Les temen a los espíritus de los ancestros!

—¡Gracias! —dijo Jack—. ¡Muchas gracias por todo!

—¡Que tengas buena suerte! —agregó Annie.

Luego, ella y Jack corrieron hacia el Cementerio Imperial. Los soldados gritaban, y una flecha voló en dirección a ellos.

Siguieron corriendo, bajaron por el sendero, y saltaron por encima de la pared baja de ladrillo hacia los montículos.

De pronto, cientos de flechas plagaron el aire.

Los arqueros disparaban desde la torre del palacio.

—¡Mira! —dijo Jack.

En uno de los montículos había una puerta. Annie y su hermano agacharon la cabeza para entrar.

De repente, ambos se encontraron en un largo vestíbulo alumbrado por lámparas de aceite.

—¡Está todo tan silencioso aquí dentro! —comentó Annie. Y descendió por el pasadizo—: ¡Aquí hay algunos escalones!

—¡Quédate donde estás! —dijo Jack.

—¿Por qué? —insistió Annie.

—No sabemos qué hay más abajo. Estamos en una tumba, ¿ya lo olvidaste? Es espeluznante —comentó Jack.

—¡Sólo echemos un vistazo! —insistió Annie—. Tal vez haya una salida del otro lado.

Jack respiró hondo.

—Bueno, tal vez tengas razón —dijo—. Pero debemos ir despacio. No deseaba toparse con ningún cadáver.

Annie comenzó a descender por los escalones alumbrados por las lámparas de aceite. Jack la seguía unos pasos más atrás, hasta que, finalmente, llegaron al final del pasadizo.

Jack parpadeó. A pesar de que había lámparas por todos lados, se le hacía difícil ver con claridad.

Cuando sus ojos se acostumbraron a la extraña luz, su corazón estuvo a punto de detenerse.

—¡Uy, cielos! —exclamó, casi sin voz.

Estaban en una habitación *repleta* de soldados; miles y miles de ellos.

8

La tumba

Annie y Jack se quedaron tiesos.

Al igual que los soldados.

Finalmente, Annie, dijo:

—¡No son *reales*!

—¿Qué dices? —preguntó Jack en voz muy baja.

—¡Son estatuas! —explicó Annie.

—Pero *parecen* de carne y hueso —insistió Jack.

Annie avanzó hacia la hilera de soldados.

Jack contuvo la respiración.

Annie tiró de la nariz de uno de los soldados.

—¿Lo ves? —exclamó.

—¡Ah, bueno! —dijo Jack. Y avanzó hacia uno de los soldados para tocarle el rostro. Era duro como una roca.

—¡Es impresionante! —exclamó.

—Esto parece un museo —comentó Annie, recorriendo la hilera de soldados.

—¡Espera! ¡Qué lugar tan siniestro! —dijo Jack—. ¿Dónde estamos?

Dejó el bolso sobre el suelo y sacó el libro sobre China. Al encontrar un dibujo similar al ejército de piedra comenzó a leer en voz alta:

En la cámara funeraria del Rey Dragón había siete mil figuras humanas hechas de arcilla horneada y pintada. El Rey Dragón tenía la esperanza de que su ejército armado lo protegería incluso después de su muerte.

—¿Te acuerdas de la pirámide del Antiguo Egipto? —preguntó Jack—. La reina había sido enterrada con una barca y un montón de objetos que llevarse al más allá. ¿Annie?…

—Estoy aquí —respondió Annie, desde lejos.

—¡Vuelve aquí! —gritó Jack, enojado.

—¡No! ¡Ven *tú*! —contestó Annie—. Mira qué interesante, Jack. Los rostros de los soldados son todos diferentes.

Jack guardó el libro dentro del bolso y corrió entre los soldados en busca de su hermana.

—Mira, Jack —insistió Annie.

Bajo la temblorosa luz de las lámparas, ambos recorrieron las hileras de soldados. No había dos que tuvieran la misma nariz, los mismos ojos, la misma boca.

—¡Uy, cielos! Sin duda, aquí deben de haber trabajado muchos hombres —comentó Jack.

—Hicieron un buen trabajo —comentó Annie.

—Sí —afirmó Jack.

Había arqueros arrodillados y soldados de pie con armaduras de color negro y colorado.

También había espadas de bronce auténtico, dagas, hachas, lanzas, arcos y flechas.

Y carrozas de madera de tamaño natural tiradas por caballos que se veían absolutamente reales. Cada caballo tenía un pelaje de diferente color y todos lucían blancas dentaduras y tenían la lengua de un vívido color rojo.

—Tengo que tomar nota de esto —dijo Jack.

Sacó el lápiz y el cuaderno del bolso y, arrodillado sobre el suelo, escribió:

no había dos rostros iguales
hasta los caballos eran diferentes

—¡Ja-Jack! —llamó Annie—. Escucha…

—¿Qué sucede? —preguntó Jack.

—Creo que estamos perdidos —comentó Annie.

—¿Qué dices? ¡No estamos perdidos! —dijo Jack.

—¡Sí, lo estamos! Si no es así, dime dónde está es la salida —insistió Annie.

Jack miró a su alrededor. Todo lo que podía ver eran más y más soldados; delante de él, a la derecha, a la izquierda y detrás; decenas y decenas de estatuas de arcilla.

—¿Por dónde entramos? —preguntó Annie.

—No lo sé —respondió Jack.

Todas las hileras de soldados eran iguales y parecían no tener fin.

Jack trató de mantener la calma.

—Será mejor que investigue —dijo.

—Olvídalo —sugirió Annie—. Morgana dijo que el libro sobre China nos serviría de *guía*, pero también nos aseguró que en el momento crítico sólo la antigua leyenda extraviada nos *salvaría*.

—¿Será éste nuestro momento crítico? —se preguntó Jack en voz alta.

—Sí, estoy segura de que lo es —afirmó Annie.

"Ya casi no se puede ver nada aquí dentro", pensó Jack. El aire se había vuelto espeso. Casi no se podía respirar.

—Busquemos ayuda —sugirió Jack.

Tomó el bolso, sacó el libro de bambú y, alzándolo en el aire, dijo:

—¡Sálvanos!

Mientras Jack aguardaba una señal, en la tumba reinaba la misma calma que al principio.

—¡Por favor, ayúdanos a encontrar la salida! —suplicó de nuevo.

Ambos se quedaron esperando. Todo seguía igual.

El aire se volvía cada vez más denso. Las lámparas desprendían un destello mortecino y por los rostros de los soldados trepaban extrañas sombras.

La ayuda no llegaba.

Jack sintió que le faltaba el aire.

—Cr-Creo que vamos a tener que... —dijo.

—¡Mira, Jack! —agregó Annie.

—¿Qué sucede? —preguntó él.

—El ovillo de hilo de seda se salió del bolso —dijo Annie.

—¿Y qué? —insistió Jack.

Jack se quedó mirando el bolso de tela en el piso. El ovillo de hilo de seda amarillo se había echado a rodar. ¡Y *aún* continuaba rodando, dejando a su paso una hebra, delgada e infinita!

9

La ruta de la seda

—¿Qué pasa? —preguntó Jack.

—No lo sé —contestó Annie—. Pero será mejor que lo sigamos.

Y salió corriendo detrás del ovillo de seda.

Jack puso el libro de bambú en el bolso y siguió a su hermana.

Avanzaron detrás de la hebra amarilla callejón *tras* callejón.

—¡Esto es imposible! —se quejó Jack—. ¡Esto es científicamente imposible!

—¡Te lo dije! ¡Es magia! —afirmó Annie.

Jack no podía creer lo que veían sus ojos. Sin embargo, siguió corriendo detrás de la hebra de seda.

De pronto, el rastro del hilo amarillo se perdió. El ovillo se había terminado.

Annie y Jack se quedaron parados en el lugar, recuperando el aire perdido.

—¿Y ahora qué hacemos? —preguntó Jack.

—Creo que tenemos que subir por esa escalera —sugirió Annie.

—¿Qué escalera? —preguntó Jack.

—¡Aquélla!

Jack miró a través de la opaca luz y divisó el primer escalón bastante cerca de ellos.

—¡Salgamos de aquí! —dijo.

Ambos subieron por la escalera. Una vez arriba, notaron que se encontraban en el vestíbulo que los conduciría a la entrada del montículo.

Así caminaron y caminaron por el pasadizo apenas iluminado, hasta que, finalmente, Jack se detuvo.

—No recuerdo que fuera tan largo —dijo.

—Tienes razón. Creo que ésta no es la escalera por la que habíamos bajado antes —comentó Annie.

—¿Y ahora qué hacemos? —preguntó Jack.

—Tenemos que seguir adelante —sugirió Annie.

—Sí. No tenemos otra opción —dijo Jack.

Se pusieron en marcha otra vez. Cuando llegaron a una de las esquinas del pasadizo encontraron una puerta.

—¡Fabuloso! —dijo Annie.

—¡Espera! ¡No sabemos qué hay del otro lado! —dijo Jack—. Vayamos más despacio. Debemos tener cuidado.

—De acuerdo —respondió Annie.

Con mucha cautela, abrió la puerta y miró por un momento.

—¡Síííí! —dijo en voz baja.

La luz mortecina del anochecer alumbró la silueta de Annie.

Jack salió detrás de su hermana.

El sol ya casi se había ocultado por completo.

De pronto, Annie y Jack se encontraron en el *exterior* del palacio del Rey Dragón. Desde allí podían ver el mercado. Los puestos ya comenzaban a cerrar hasta el día siguiente.

—¡Estamos a salvo! —dijo Annie.

Jack suspiró aliviado.

En ese instante, se oyó el sonido del gong. Provenía de la torre de la ciudad amurallada.

—¡Cielos! ¡Están por cerrar las puertas de la ciudad! —dijo.

Y, agarrando con fuerza el bolso, corrió calle arriba junto a su hermana. Atrás quedaron el mercado, las casas lujosas y las más humildes.

Corrieron tanto y tan rápido que se les cayeron los zapatos, pero no fue motivo para detener la huida.

Atravesaron los portones justo cuando éstos empezaban a cerrarse.

Rápidamente, cruzaron el puente y corrieron por el camino de tierra y, dejando atrás la casa de campo, llegaron al prado.

Ya junto al pie del árbol con la casita de madera, Jack sintió que le dolían los pulmones, el corazón le latía desesperadamente y los pies le quemaban.

Subió detrás de su hermana por la escalera de soga. Cuando llegaron a la casa del árbol, Jack se desplomó sobre el suelo.

—Regresemos a casa —dijo, con lo que le quedaba de aire. Y tomó el libro de Pensilvania.

—Espera —dijo Annie, asomada a la ventana—. ¡Mira, se encontraron!

—¿De quién hablas? —preguntó Jack, acercándose a su hermana.

De pronto, vio dos siluetas abrazadas al borde del prado.

—¡La tejedora y el pastor de vacas! —comentó Annie.

—¡Oh, sí! —agregó Jack.

—¡Adiós! —exclamó Annie en voz alta.

La pareja le devolvió el saludo.

Annie suspiró feliz y satisfecha.

—Ahora podemos irnos —dijo.

Jack abrió el libro de Pensilvania y señaló el dibujo del bosque de Frog Creek.

—Queremos ir a este lugar —proclamó.

De pronto, el viento comenzó a soplar.

Jack echó un último vistazo a la feliz pareja. Se les veía relucientes como dos luceros.

La casa del árbol comenzó a girar.

Más y más rápido cada vez.

Después, todo quedó en silencio.

Un silencio absoluto.

10

Una antigua leyenda

Jack abrió los ojos. Ahora llevaba puesta la ropa y las zapatillas de siempre. El bolso de tela se había convertido en su mochila.

—¡Bienvenidos a casa, Maestros Bibliotecarios! —dijo Morgana.

Estaba de pie en el centro de la casa del árbol, con una sonrisa en los labios.

—¡Hola! ¿Cómo estás? —dijo Annie.

—Trajimos la antigua leyenda que nos encomendaste —comentó Jack.

—¡Maravilloso! —replicó Morgana.

Jack tomó la mochila y sacó el libro sobre la antigua China. Luego sacó el libro de bambú y se lo entregó a Morgana.

—¿De qué trata la leyenda? —preguntó Annie.

—Se llama *La tejedora y el pastor de vacas*. Es un relato chino muy conocido —explicó Morgana.

—¿Sabes una cosa, Morgana? —dijo Annie—. Mi hermano y yo los *conocimos*. Nosotros los ayudamos para que se encontraran.

—¿Ah, sí? —preguntó Morgana.

—Sí. ¡La verdad es que pudimos salvarnos gracias al ovillo de hilo de seda que nos dio la tejedora! —confirmó Jack.

—¿Qué cuenta la leyenda acerca de ellos? —preguntó Annie.

—Hace muchos años la tejedora y el pastor habían sido seres celestiales y vivían en el paraíso —explicó Morgana—. Pero cuando bajaron a la tierra, se enamoraron el uno del otro.

—Cuando los encontramos nosotros —comentó Annie.

—Así es —dijo Morgana—. El libro que ustedes recuperaron habla sobre la felicidad de la tejedora y el pastor en la tierra. Pero me temo que existe otra leyenda posterior. Cuando volvieron al paraíso, el rey y la reina de los cielos los separaron interponiendo entre ellos un río celestial, llamado la Vía Láctea.

—Oh, no —dijo Annie.

—Se vuelven a reunir una vez al año —explicó Morgana—. En esa noche los pájaros construyen un puente en el cielo salvando la Vía Láctea.

Annie y Jack alzaron la mirada y contemplaron el brillante cielo veraniego.

—Bueno, es hora de que regresen a su casa —sugirió Morgana—. Los espero dentro de dos semanas. En su próxima misión tendrán que viajar a Irlanda para rescatar un libro que existió hace más de mil años.

—La idea parece divertida —dijo Annie.

Morgana frunció el entrecejo.

—Me temo que fue un período de la historia bastante peligroso —informó—. Las incursiones de los vikingos a la costa de dicho país eran muy frecuentes.

—¿Vikingos? —preguntó Jack. El miedo que había soportado todavía le duraba.

—Pero no se preocupen por eso ahora. Vayan a casa y descansen —les aconsejó Morgana.

Jack asintió con la cabeza.

—Trataré de hacerlo —contestó, tomando la mochila del suelo.

—¡Adiós! ¡Nos veremos en dos semanas! —dijo Annie.

—¡Gracias por su ayuda! —agregó Morgana.

—¡Hasta pronto! —dijo Annie.

Jack y su hermana descendieron por la escalera. Una vez en tierra, miraron hacia arriba para saludar a Morgana.

Cuando llegaron a la entrada del bosque, Annie se detuvo.

—¡Escucha los grillos! —dijo.

El sonido de los pequeños insectos se oía más fuerte que nunca.

—Sus ancestros vivieron en la época del Rey Dragón—comentó Annie.

—¡Uy, cielos! —exclamó Jack.

—Seguro que en este momento los grillos adultos les están contando una leyenda a los más pequeños —dijo Annie.

—¡Por supuesto! —dijo Jack.

—Debe de ser una leyenda transmitida por sus propios ancestros —comentó Annie.

Jack sonrió. No quería admitirlo, pero el chirrido de los grillos sonaba como un cuento. Casi podía reconocer las palabras *Rey Dragón, Rey Dragón, Rey Dragón.*

—¡Jack! ¡Annie! —se oyó de pronto.

Su mamá los llamaba.

El hechizo se había esfumado. El chirrido de los grillos era el chirrido de todos los días.

—¡Ya vamos! —gritó Jack.

Annie y su hermano corrieron calle abajo y atravesaron el patio de entrada de la casa.

—¿Lo pasaron bien en China? —les preguntó.

—¡Fue bastante espeluznante! —dijo Annie.

—¡Nos perdimos en el interior de una tumba! —explicó Jack—. Pero nos salvó un libro muy antiguo.

La madre de Annie y Jack sonrió:

—Los... libros son maravillosos, ¿no lo creen?

—¡Sí! —respondieron Annie y Jack a la vez.

Y entraron en la casa detrás de su madre.

MÁS INFORMACIÓN PARA TI Y PARA JACK

1. La escritura china está conformada por más de 50.000 caracteres. De acuerdo con la leyenda, los primeros símbolos o caracteres fueron ideados a partir de las huellas de pájaros y animales.

2. En el año 221 A.C. China estaba dividida en numerosos reinos. Bajo la hegemonía del primer emperador, Shi Huangdi, quien se llamaba a sí mismo Rey Dragón, China se convirtió en un país unificado. Temeroso de los letrados chinos, una amenaza para el poder, el emperador ordenó que todos los libros fueran quemados.

3. El hilo de seda se obtiene de los capullos de los gusanos de seda, que se alimentan de hojas de mora. Los chinos mantuvieron en secreto el arte de fabricar seda porque dependían de ella para hacer el comercio con otros países.

4. El primer emperador construyó la Gran Muralla china para proteger su imperio de los invasores del norte. Según cuenta una leyenda china, la muralla es un dragón convertido en piedra.

5. Desde 1970 en adelante muchos arqueólogos han investigado la tumba del Rey Dragón. Desde entonces se han encontrado más de 50.000 objetos.

6. La leyenda china de la tejedora y el pastor de vacas está relacionada con las constelaciones de Vega y Altair. La tejedora y el pastor se casaron en la tierra, pero cuando volvieron a reunirse en el paraíso eran tan felices que se negaron a trabajar. Enojados, el rey y la reina del paraíso decidieron separarlos interponiendo la Vía Láctea entre ellos. Sin embargo, ellos siguen reuniéndose una vez al año: el séptimo día de la séptima luna, cuando se forma un puente de unión entre ellos.

¿Quieres saber adónde puedes viajar en la casa del árbol?

La casa del árbol #1
Dinosaurios al atardecer

Annie y Jack descubren una casa en un árbol
y al entrar, viajan a la época de los dinosaurios.

La casa del árbol #2
El caballero del alba

Annie y Jack viajan a la época de
los caballeros medievales y exploran
un castillo con un pasadizo secreto.

La casa del árbol #3
Una momia al amanecer

Annie y Jack viajan al antiguo Egipto y se
pierden dentro de una pirámide al tratar de
ayudar al fantasma de una reina.

La casa del árbol #4
Piratas después del mediodía

Annie y Jack viajan al pasado y se
encuentran con un grupo de piratas
muy hostiles que buscan un
tesoro enterrado.

Mary Pope Osborne ha recibido muchos premios
por sus libros, que suman más de cuarenta. Mary
Pope Osborne vive en la ciudad de Nueva York con
Will, su esposo. También tiene una cabaña en
Pensilvania.